世界经典童话小说书系

木鞋传说

著者 / 佚名　编译 / 高桂兰 等

吉林出版集团股份有限公司 | 全国百佳图书出版单位

图书在版编目（CIP）数据

木鞋传说／（意）佚名著；高桂兰等编译.--

长春:吉林出版集团股份有限公司，2016.12

（世界经典童话小说书系）

ISBN 978-7-5581-2117-3

Ⅰ.①木… Ⅱ.①佚… ②高… Ⅲ.①儿童故事－作

品集－世界 Ⅳ.①I18

中国版本图书馆CIP数据核字（2017）第065112号

木鞋传说

MUXIE CHUANSHUO

著　　者	佚　名	
编　　译	高桂兰 等	
责任编辑	黄　群	
封面设计	张　娜	
开　　本	16	
字　　数	50千字	
印　　张	8	
定　　价	18.00元	
版　　次	2017年8月　第1版	
印　　次	2019年4月　第3次印刷	
印　　刷	三河市嵩川印刷有限公司	
出　　版	吉林出版集团股份有限公司	
发　　行	吉林出版集团股份有限公司	
地　　址	长春市绿园区泰来街1825号	
电　　话	总编办：0431-88029858	
	发行部：0431-88029836	
邮　　编	130011	
书　　号	ISBN 978-7-5581-2117-3	

前言

儿童自然单纯，本性无邪，爱默生说："儿童是永恒的弥赛亚，他降临到堕落的人间，就是为了引导人们返回天堂。"人们总是期待着保留这份童真，这份无邪本性。

每一个儿童都充满着求知的欲望，对于各种新奇的事物，都有着一种强烈的好奇心，这样在成长的过程中就不可避免地被好的或坏的事物所影响。教育的问题总是让每个父母伤透了脑筋，生怕孩子们早早地磨灭了童真，泯灭了感知美好事物的天性。童话很好地解决了这个问题，让儿童始终心存美好。

徜徉在童话的森林，沿着崎岖的小径一路向前，便会发现王子、公主、小裁缝、呆小子、灰姑娘就在我们身边，怪物、隐身帽、魔法鞋、沙精随时会让我们大吃一惊。展开想象的翅膀，心游万仞，永无岛上定然满是欢乐与自由，小家伙们随心所欲地演绎着自己的传奇。或有稚童捧着双颊，遥望星空，神游天外，幻想着未知的世界，编织着美丽的梦想。那双渴望的眸子，眨呀眨的，明亮异常，即使群星都暗淡了，它也仍会闪烁不停。

　　童心总是相通的，一篇童话，便会开启一扇心灵之窗，透过这扇窗，让稚童得以窥探森林深处的秘密。每一篇童话都会有意无意地激发稚童的想象力和感知力，让他们在那里深刻地体验潜藏其中的幸福感、喜悦感和安全感，并且让这种体验长久地驻留在孩子的内心，滋养孩子的心灵。愿这套《世界经典童话小说书系》对儿童健康成长能起到一点儿助益，这样也算是不违出版此书的初心了。

编者

2017 年 3 月 21 日

目录
MULU

木鞋传说

很久很久以前，说不清是什么年代啦，荷兰的天空出现了成千上万的妖怪，密密麻麻地落到了地上，随即变成了青草和树木，它们是从太阳神那里来装点大地的。

妖怪变成的青草、树木，把整个山川大地遮蔽得郁郁葱葱，使古代的荷兰成了森林之国。

在这漫山遍野的树林中，生长着各种树木，荷兰人最喜欢的要算是槲树。因为，槲树上结满了非常好吃的果实。人们把摘来的果实带回家，或是炒着吃、煮着吃，或是做成菜团子蒸着吃。聪明的荷兰人还把槲树皮制成各种

物品，使日常生活更加方便。当然，更重要的是，他们把
榉树干锯成厚厚的木板，用来做船或造房子。

　　人们喜爱榉树，甚至到了崇拜的地步。他们把刚出生
的婴儿吊在榉树枝上，求神保佑；武士出征要聚集在大树
下宣誓，誓死忠于主人；女人们牵着手，围着榉树祈求：
"神啊，请赐给我一个儿子吧。"

　　这时候，大地上有草原，牲畜有了生存之地，人们就
源源不断地把马、牛、羊等牲畜从外国运到荷兰来了，并

很快地繁殖起来。他们想，该有个大牧场了。

不仅如此，他们还意识到，应该种植一些苹果、梨子、大麦、白米等植物，也渐渐懂得了在朝阳的地方来栽培各种植物了。

发展了畜牧和种植业，荷兰人开始大面积砍伐森林。

不知道又过了多少岁月，古时候的"森林之国"不知不觉消失了，出现了许多红顶的木房子、冒黑烟的工厂和呼呼转动的大风车，荷兰呈现出一片新景象。但是，大多数人对鞋没有认识，依然赤着脚在田间、山野里劳作着，行走着，只有少数人在脚上裹着一块皮革。

有一个木匠非常喜爱槲树，他按槲树的寓意给自己和儿子取了名字。他不愿意让人们在森林里采伐槲树，只要看见槲树被砍倒在地就会忍不住流泪："为什么要砍伐森林呢？把那么好的槲树伐下来堆在海边，等涨潮时就会被冲入大海，辛苦开辟出来的新陆地也会被淹没，这不是白费力气吗？你们真是想得太简单了。"

一天，木匠坐在家门口生着闷气，一个青苔女妖和一个檞木男妖来到木匠身旁，笑着说："我们是受檞木祖父的命令来的，请你到祖父那里看看。"木匠很奇怪，便来到他最喜爱的那株大檞树旁边，听那沙沙作响的树声。

一个树枝垂了下来，在木匠的耳边说："啊！请你不要伤心！我们活着只有果实给你们，可死后，地上会长出很多好吃的食物啊。森林开辟后，就变成绿色的田野和热闹的街市，你和你的子孙就能成就伟大的事业，我们也会重回旧地。虽然我们倒立着被人们践踏，你不用大惊小怪，那是我们为着人们的利益而作出的牺牲。"

木匠听了大吃一惊："为什么那么做呢？我不明白啊！"

"你不必担心。很快我就要履行我的诺言去了。"檞木枝说完，叶儿依然发出沙沙的声音。过了一会儿，四周安静下来。木匠还站在那里思索着，青苔女妖和檞木男妖又出现了。它俩对木匠说："你回去把檞木锯成一尺来长，好好地把它晒干。然后，在你睡觉以前，把它放在厨房的桌子上。"说完，对他神秘地笑了一下就消失了。

木匠虽然没明白是怎么回事，但是还是依了妖怪的话。他锯了两块一尺来长的檞木，把它晒干，到了晚上，叫妻子在厨房收拾了一张干净的桌子，临睡前，把檞木放在了上边。

第二天早上，木匠跑到厨房一看，桌子上有一双漂亮的檞木鞋子！

木匠惊奇地对着鞋子仔细看着，鞋子的内外都刨得光光滑滑的，并且发出一种淡淡的香味。他立刻拿起鞋子穿在脚上，简直是按自己的脚做成的，穿起来非常舒适。他在地板上来回走着，一不小心险些摔倒。

"从来没见过这么光滑的鞋子，听都没听说过。做得简直太精巧了！"他想，"这么漂亮的鞋子应该穿到外面走走才好。"于是，他来到外面，果然走得非常自如。

"是的，这双鞋不是在屋里穿的，是到街上去的时候穿的。我可是得了极便利的东西了!"木匠得意地想着。

"可是,这么好的鞋子能不能再做几双呢?要是大家都有一双这样的鞋子那该多好啊!"木匠又喜又忧地说。

晚上木匠做了一个梦,梦见两个小人儿,一个又黑又丑的男子拿着一个箱子;一个又白又漂亮的女子,好像是来教他做什么似的。他们来到木匠的寝室,打开箱子拿出各种工具:斧头,锯,尺子,刨子和刀,等等。木匠从未见过这些东西,奇怪地问道:"这是什么东西呢?都有什么用啊?"那个小女人并不理会木匠的疑问,指点着小男人在一块一尺来长的木头上劳作起来。

只见那黑丑的小男人把木头中央掏空了,再把外边削成脚的样子。那个美丽的小女人接过来,把它磨得光光滑滑,一双漂亮的木鞋就做成了。木匠恍然大悟:"哦!原来是这样!我终于知道怎么做鞋了!"

鞋子做好以后,小女人穿着新鞋高兴地跳起舞来。她转啊转,一不留神扑倒在地,把鼻子摔扁了。她摸着塌下去的鼻子嚷道："哎呀，这可怎么办啊？"并伤心地哭了起来。黑丑的小男人笑着说："不要紧，让我来帮你弄好。"他十分认真地替她捏正了鼻子，小女人才破涕为笑。然后，他们高兴地从窗子跳了出去，不知道去了什么地方。

这时候木匠也醒了："真是做了一个好梦啊！我终于知道做鞋的方法了。看来，我要发财了。"

于是，木匠按照梦中所见行动起来，很快制作了一套

做木鞋的工具，并且在门外挂了一个"木鞋制造所"的牌子，把做好的一双双漂亮木鞋，摆放在他的店面里。

邻居们感觉很新奇，纷纷跑来看热闹。有人干脆买来试穿，果然很舒服。于是，男女老少都来木匠的鞋店里争抢着买鞋子。木匠的生意也渐渐兴隆起来，不久成了富翁。

有天晚上，木匠又做了一个梦。在梦中，他看见青苔女妖和槲木男妖非常快乐地跳着舞，木匠欢喜地问："喂，这么高兴啊？"话音还没落，就看见一个小黑人走了过来，一只手提着箱子，另一只手拿着一件很古怪的东西。木匠看见是一块大铁镶嵌在木杵上，用绳子拉上拉下的，便问道："这是什么东西啊？"

"你问的是这个吗？这叫千斤杵，是把柱子打在地上的时候用的。"漆黑的小人儿回答道。

木匠对千斤杵十分感兴趣，反复地看着。小人儿见了，就耐心地把千斤杵的功能和使用方法都教给了他。

木匠学会以后，漆黑的小人儿说："明天你走在街上时，人家问你：'怎么样，你好吗?'你千万不要回答，微笑一下就行了。"站在旁边的青苔女妖听了也笑着说："是呀，这样你就可以教大家怎样建造有高塔的教堂和宏伟建筑了。你把大树砍倒了，削去枝叶，把尖端倒插在地上，然后深深地打下去。哦，你还记得那天大槲树枝对你说'倒立着给人们践踏'的话吗？就是这个意思。"

木匠听了觉得奇妙无比，便缠着青苔女妖、槲木男妖和小黑人问了许多关于建筑的问题。

青苔女妖怕大家谈得入神，忘记时间，万一太阳出来它们将会被变成石头，所以时时注视窗外。不一会儿，青苔女妖用奇怪的声音叫了起来："东方亮了！"槲木男妖和小黑人大吃一惊："哎呀，不好！快点回去吧。"于是，他们立刻跳着跑出去了。

这时候，木匠也醒了，擦着眼睛说："又一个发财的机会来了。"

他微笑着在大街上行走着，大家见了都和他打招呼："早上好，木匠！"

"看你的样子很高兴啊，捡到元宝了？"有人逗笑着。

木匠笑眯眯地点头，就是不答话。

"你为什么不说话呢？"人们看着木匠，不解地问道。

木匠终于忍不住把梦里的见闻说了出来，人们羡慕地说："啊，真是好梦。"

木匠精心设计，建造了一个工厂，把所有的器具设备都放在了工厂里面。他去森林里尽情地砍伐檞树，并把树干的一头削成尖，然后，再把树干的尖端深深地砸入地

下。

　　荷兰的土地本来就很松软而多水，把木材这样深入地下后，就变成石砌似的坚硬地基了。木匠在这样坚硬的地基上建造了许多房屋和教堂，而且，教堂顶上的一层还建造了一个造型美观的高塔，远远望去十分漂亮。

　　因为木匠的勤奋和不懈的努力，终于把家园变成了美丽壮观的街市。街坊邻居们穿着木鞋，高兴地穿梭在街道上。木匠也成了大富豪，深受人们的崇敬和爱戴。

海底旅行记

从前，有一个叫阿布顿拉的渔夫，他有九个儿子，家里非常穷。在他生活的地方，还有一个卖面饼的阿布顿拉，大家称他"面饼阿布顿拉"。

渔夫靠打鱼维持全家人的生活，但全家人只能勉强吃饱。不久，他的老婆又生了一个儿子，生活的重担压得渔夫喘不过气来。婴儿诞生这天，他的老婆吩咐他去打鱼。

"好吧，今天是孩子诞生的吉日，我就去碰碰运气吧。"渔夫说道。

他来到海边，从早到晚，撒下十几网也没网到鱼。

　　渔夫沮丧地往回走，热情的面饼阿布顿拉怕他全家挨饿，就赊给他五元钱的面饼，又借给他五元钱。渔夫承诺第二天用鱼抵账。

　　可是，渔夫一连四十天都没打到鱼，全靠面饼阿布顿拉借钱给他维持生活。

　　一天，渔夫阿布顿拉收网时竟然网到了一个大活人。

　　渔夫以为他是魔鬼，吓得要死，转身就跑。

　　"别跑，打鱼人。你放了我，我会报答你的！"网里的人突然喊道。

　　原来渔夫网到的是一条雄人鱼。

　　"我生活在海里，刚才不小心落入了你的网中。如果你放过我，我们将成为好朋友。每天你送我一筐水果，我送你一筐珊瑚、珍珠和宝石，可以吗？"雄人鱼对渔夫说。

　　渔夫高兴地答应了。

　　"你叫什么名字？"渔夫问道。

　　"阿布顿拉。"雄人鱼回答说。

"真是太巧了，与我同名！"渔夫惊喜地说。

"为了表达我的诚意，我现在就拿礼物给你。"雄人鱼说着跳进海里没了踪影。

"他是不是在骗我，乘机逃走了？要是我不放他走，还可以把他拿到城里给人观看，或带到大户人家去展览，没

准也能捞到几个钱。"渔夫后悔不该放走雄人鱼，而且越想越后悔。

渔夫正在后悔，雄人鱼突然出现在他面前，两手捧着珍珠、珊瑚和宝石。

"请收下吧，别嫌少。如果有箩筐就好了，我会给你弄

来一箩筐。以后，你每天早晨都来找我，我都会送给你礼物。"雄人鱼说完，把礼物交给渔夫，转身跳进海里不见了。

"老兄，我交好运了，先把欠你的账还上。"渔夫带着珍宝，直接来找面饼阿布顿拉。

"不用着急，有鱼就给我，没鱼我也借给你钱。"面饼阿布顿拉对渔夫说。

"我已经欠了你很多钱，这些珠宝送给你作为酬谢。你能不能再借给我几个零花钱，我卖了珠宝就还你。"渔夫试探着问。

面饼阿布顿拉把身上的钱全给了渔夫，还自称是渔夫的仆人，把所有的面饼都装进筐里，顶在头上送到渔夫家，然后又去集市买了肉和水果，为渔夫全家做了可口的饭菜。从此，他便每天如此，殷勤地侍候渔夫一家人。

渔夫觉得很过意不去。

"我既然接受了你的珠宝，就应该成为你的仆人。"面饼阿布顿拉对渔夫说。

"在我最困难的时候，你帮了我，我一辈子都不会忘记你的恩情。"渔夫说。

从此，他们成了好朋友。

渔夫把珠宝的来历告诉了老婆，老婆很高兴，嘱咐他要保守秘密，以防惹来麻烦。

第二天，渔夫带着准备好的水果来到海边。

"大海阿布顿拉，你在哪儿？"渔夫的语音刚落，雄人鱼便应声出现在渔夫面前。

雄人鱼收下水果跳入水中，再次出现时，搬来了满满一筐珍珠、宝石。渔夫将礼物顶在头上，向雄人鱼告别，然后高兴地回家了。

渔夫顺路来到面饼阿布顿拉的摊前。

"主人，我已经给您烤了四十个甜面包送到家里去了，现在正为您做好吃的糕点，烤熟后就给您送过去。"面饼阿布顿拉笑呵呵地对渔夫说。

渔夫感谢了他的好意，从筐里抓了三把珍宝给他，然后回家了。

渔夫回到家，挑出一些最值钱的珠宝来到市场，拿给珠宝商看。

"快把这个盗窃王后珠宝的盗贼抓起来！"珠宝商看到珠宝后变了脸，吩咐随从道。

随从们把渔夫痛打一顿，绑了起来。珠宝商向众人宣布，他抓到了一个盗贼。人们议论纷纷，将之前丢的东西都赖到了渔夫头上。

渔夫默默地忍受着众人的指责和侮辱，没说一句话，最后被押往王宫。

"自从王后的首饰被盗后，我比任何人都着急。今天，我终于抓住了这个盗贼，并把他押来了，请陛下惩处。"珠宝商对国王说道。

国王接过宝石，让侍从拿到后宫让王后辨认。

"快去告诉陛下，我的首饰已经找到了。这些珠宝不是

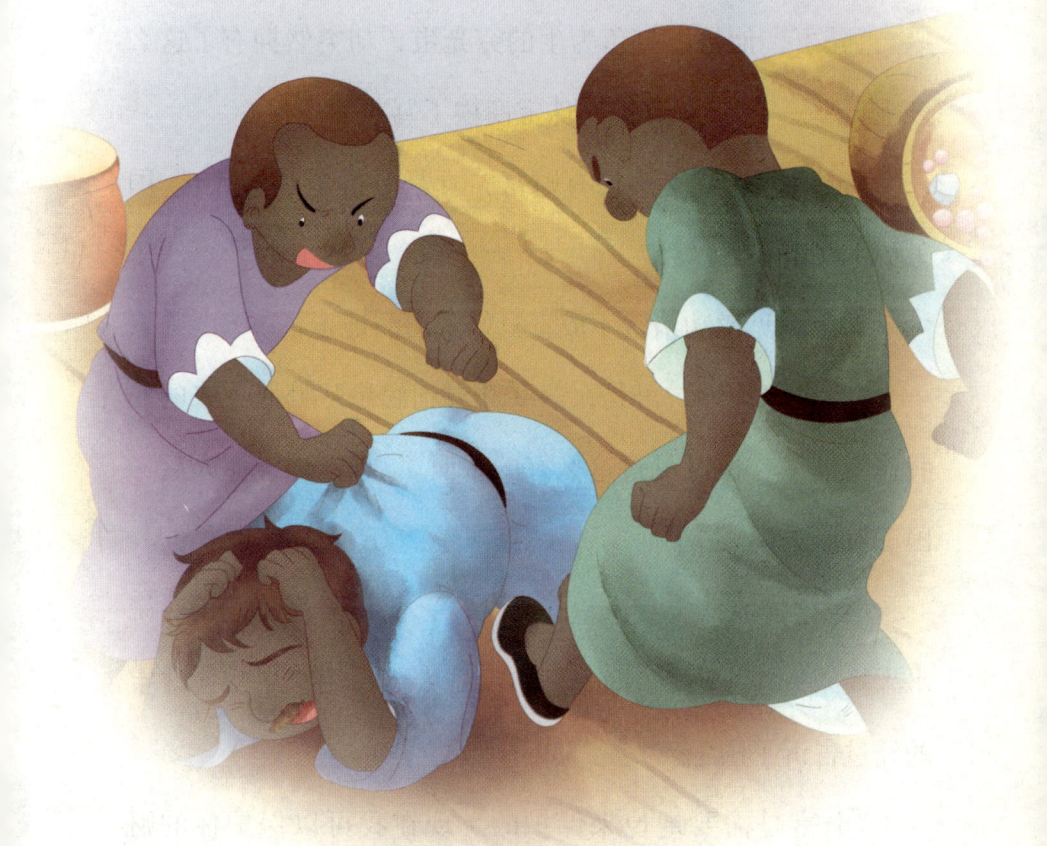

我的，请陛下千万不要冤枉好人。如果珠宝的主人愿意出售，就请陛下买下来，送给公主。"王后对侍从说。

侍从将王后的话复述了一遍。国王听后大怒，把珠宝商臭骂了一顿。

"陛下，他是以打鱼为生的穷光蛋，却突然拥有了这么多宝石，一定是偷来的。"珠宝商挨了骂非常不甘心。

"谁说穷人就不该拥有财富？真是一群势利小人！"国王更生气了。

珠宝商见邀功请赏不成，只好灰溜溜地走了。

"我会保护你。可是，这些珠宝到底是从哪儿弄来的？我作为国王，也没见过这么好的东西。"赶走珠宝商人后，国王对渔夫说。

"像这样的珠宝我家里还有一筐，我每天都可以用一筐水果换来一筐宝石！"渔夫把结识雄人鱼，用水果交换珠宝的经过告诉了国王。

"财富是需要地位来保护的。现在我可以保护你的财

富，但我死后，别人当了国王，那就难说了。这样吧，你做我的女婿，我死后，由你来继承王位，这样就能保住你的财产了。"国王说完就吩咐侍从带渔夫去沐浴更衣。

国王委任渔夫为大臣，然后又派侍从去渔夫家，赐给他的老婆和儿子很多华丽的衣服，并把他们接进宫里。

国王让渔夫的儿子们坐在自己身边。国王只有一个公主，没有王子，所以对渔夫的儿子们格外亲切。

在后宫，王后也热情地接待了渔夫的老婆，和她唠起了家常。

国王宣布渔夫将成为他的女婿，然后下令全城张灯结彩，庆祝他们的婚礼。

翌日一早，国王见女婿顶着一个筐正往外走。

"你顶的是什么，要去哪儿?"国王忙问。

"我要去和雄人鱼交换礼物。"渔夫说。

"你应该多陪陪新婚妻子。"国王劝道。

"朋友之间应该遵守诺言，不能为了享乐就忘记了老朋友。"渔夫坚持要去。

国王被说服了，答应让渔夫去见雄人鱼。

渔夫来到海滨，和雄人鱼交换了礼物。

渔夫娶了公主后，不忘前言，坚持每天去海边和雄人鱼交换礼物。他一连十多天路过面饼阿布顿拉的铺子，发现门一直关着。他向邻居打听面饼阿布顿拉的消息，邻居告诉渔夫，面饼阿布顿拉生病了，正在家里养病。渔夫问清了他家的地址去找他。

面饼阿布顿拉见头顶箩筐的渔夫站在自己家的楼下，

立刻跑下来把门打开，两位好朋友紧紧地拥抱在一起。

面饼阿布顿拉告诉渔夫自己并没有生病，只是听说渔夫被国王抓了起来，才不敢出去。渔夫说了自己被人陷害，又被招为国王的女婿，还当了大臣的经过。

"从今以后你再也不用害怕了，这些珠宝都送给你。"渔夫说完顶着空筐回王宫了。

"你的珠宝呢？"国王见渔夫空手回来，便纳闷地问道。

"我把珠宝送给了一个卖面饼的朋友。他非常善良，在我最困难的时候，无私地帮助我渡过了难关，而且他也叫阿布顿拉。他是面饼阿布顿拉，我是渔夫阿布顿拉，雄人鱼是大海阿布顿拉。我们是同名的好朋友。"渔夫告诉国王。

"我的名字也叫阿布顿拉，这真是太巧了。快把面饼阿布顿拉请进宫来，我要委任他为大臣。"国王听后高兴地说。

渔夫将面饼阿布顿拉请进王宫。国王赏给面饼阿布顿拉一套官服，委任他为大臣。

渔夫仍每天用一筐水果去海边和雄人鱼交换珠宝。

这天，是他俩交换礼物一周年的日子，两个人交换完礼物，坐在岸边海阔天空地聊了起来。

雄人鱼说要到陆地的城市去旅行，开阔眼界，增长知识。

渔夫早就想去旅行，以前因为穷去不了，现在有钱了，但又没时间，真是很遗憾。

"去各个城市旅行，能开阔眼界，使我们变得更聪明。你不应该找任何借口而放弃这件事儿。"雄人鱼劝渔夫道。

"旅行是我一生中必须完成的一件大事。"渔夫说。

"那你就先下海，去我家里做客吧。"雄人鱼对渔夫说。

"我一直生活在陆地上，去海里，海水会灌进我的肠胃，我会被活活淹死的。"渔夫担忧地说道。

"我有一种油，你拿去抹在身上，就可以在海里行动自

如了。我这就取来给你试试。"雄人鱼说完潜回水中。

不一会儿，雄人鱼再次出现在渔夫面前，手捧着一种黄色的东西。

"这是什么?"渔夫问雄人鱼。

"海里生活着一种非常大的鱼，叫丹冬鱼。它们比陆地上的野兽都大，什么东西都吃，是我们雄人鱼的死敌。这就是它身上的鱼油。"雄人鱼回答说。

"这种鱼很多吗?"渔夫问道。

"非常多，数都数不清。"雄人鱼认真地回答说。

"我跟你下海，碰上它们，被吃掉怎么办?"渔夫害怕极了，胆战心惊地问道。

"不用怕。它们非常惧怕人类，一见到人类就会赶紧逃跑。它们不能吃人肉，否则就会死去。即使在成百上千的丹冬鱼群中，只要人大吼一声，它们就会被吓死。"雄人鱼非常肯定地说。

渔夫安心了，在地上挖了个洞，把衣服藏好，涂抹上鱼油，跟着雄人鱼潜入海里。

果然，渔夫呼吸顺畅，行动自如，随心所欲。

渔夫跟着雄人鱼，从一个地方游向另一个地方，东张西望，尽情欣赏，经过的地方，到处是大山，游动着奇形怪状的鱼鳖。他们所到之处，各种海洋动物无不四散逃开。

"这些动物为什么都离我们远远的？"渔夫觉得奇怪。

"其实，海洋里的生物都很惧怕人类。"雄人鱼解释道。

渔夫听后没再说什么，跟着雄人鱼继续在海中游玩，欣赏着奇景异色。他们来到一座大山前，正要绕过去，突然听到一阵咆哮声。渔夫抬头一看，一个比骆驼还大的黑影吼叫着从山顶上滚下来。

"这是什么东西？"渔夫大吃一惊，连忙问雄人鱼。

"这就是丹冬鱼。它是冲我来的，想要吃掉我。你快大吼一声，吓死它！"雄人鱼非常害怕，惊恐地说道。

渔夫赶紧大吼一声。巨大的丹冬鱼真的被吓死了，缓缓地沉入海底。

"没想到这个大家伙居然会被喊声吓死。"渔夫惊奇万分。

"就算是一两千头的丹冬鱼，也会被人类的喊声吓死，这就叫一物降一物。"说完，雄人鱼就带着渔夫去参观一座城市。

渔夫来到城市，看见都是女性，没有一个男性，感到非常奇怪。

"这座城市叫女性城，居民全是女性。"雄人鱼对渔夫说。

"为什么没有男性，她们没有丈夫吗?"渔夫好奇地问道。

"没有。"雄人鱼回答说。

"这是为什么呢?"渔夫更加奇怪了，继续问道。

"这些女性惹怒了海里的国王，被流放到了这里，终身不能离开这座城市。谁要是敢偷偷溜出去，就一定会被其他动物吃掉。当然，海里也只有这座城市是这样的，其他城市有男性也有女性。"雄人鱼回答说。

"海里还有什么特别的城市吗?"渔夫又问道。

"当然有，还很多呢!"雄人鱼自豪地回答说。

"这一趟，我看见了不少的奇风异俗，都是以前没听说过的，真是不虚此行啊!"渔夫感慨道。

"你看到的只是一小部分，海中的奇景美色比陆地上多多了。你仔细看这里，和你们那里就大不一样。"雄人鱼对渔夫说。

听了雄人鱼的话，渔夫仔细观察起来。

这个城市里的女性都长着月亮一样的大脸盘，披着特有的长发。更奇怪的是，她们的手和脚都长在肚子上，下身还拖着一条尾巴。

渔夫不由得连连称奇。

离开女性城，渔夫与雄人鱼又来到另一座城市参观。

城里到处都是人鱼，男女老少都有，样貌跟女性城中的女性相似，只是每个人鱼都没有穿衣服。

"这里的人鱼为什么都不穿衣服呢？"渔夫问道。

"海里不生产棉布，也没有人鱼会缝衣服。海里和陆地上的环境有很大不同，所以风俗习惯也大不一样。"雄人鱼回答说。

"这里的人人鱼不做买卖，娶亲时，拿什么做聘礼呢？"渔夫又问。

"对我们来说，珍珠和宝石就是石头，没什么价值。在这里，如果谁要娶亲了，就去打一千或两千条鱼，具体数目由新郎和新娘的父亲商定。等到新郎打到足够数目的

鱼，男女双方的亲朋好友便聚在一起举办宴会，新娘和新郎就算正式结婚了。"雄人鱼回答说。

"两个人结婚后，一般都是丈夫捉鱼养活妻子，要是丈夫实在无能，也可以由妻子捉鱼养活丈夫。"雄人鱼继续介绍说。

渔夫跟着雄人鱼游览了十座城市，每个城市的风俗习惯都不一样。

"还有其他的城市吗?"渔夫越来越惊奇了。

"还多着呢，假如我用一千年的时间，带你参观一千座城市，在每座城市里让你看到一千个奇观，那你看到的奇观数量还不到海里奇观总数的二十四分之一呢!"雄人鱼回答说。

"那咱们还是休息一下吧。我见到的城市和奇观已经足够了，吃了这么多天的生鱼，我也早就吃腻了。"渔夫说道。

"鱼肉经过烧煮会变得更好吃。你为什么不试一试呢?"渔夫问雄人鱼。

"我们生活在海里，没有火种，只能吃生鱼。"雄人鱼回答说。

渔夫听后觉得很有道理。

"能去参观一下你的家吗？"渔夫问道。

"当然可以。"雄人鱼愉快地回答说。

雄人鱼和渔夫来到了另一座城市。

"看，这就是我居住的城市。"雄人鱼对渔夫说。

进城后，雄人鱼带着渔夫来到一个山洞前。

"这就是我的家，我们这里的人都住在大大小小的山洞里。海里的人要想安家，要先请示国王，说明自己愿意在什么地方居住。国王同意后，就会派一队叫"囊戈尔"的鱼去盖房子。这种鱼的嘴又尖又硬，能啄山成穴。它们不要报酬，房子盖好后，主人给它们一些鱼做口粮就可以了。海里的生活就是这样，做什么都离不开鱼。"雄人鱼说完带着渔夫进了家门。

"我回来了。"雄人鱼大喊一声。

雄人鱼的女儿走出来。她脸圆如月，眼大而黑，身材苗条，披着长发，拖着一条尾巴。

"跟你在一起的秃尾巴是谁？"她指着渔夫问道。

"这就是送给我们水果的人。他住在陆地上，是我的好朋友。"雄人鱼告诉女儿。

雄人鱼的女儿向渔夫问好。雄人鱼吩咐女儿为客人准备食物。雄人鱼的女儿端上来一条有两个羊羔大的鱼招待渔夫。

渔夫虽然吃腻了鱼肉，可是肚子饿，又没有其他东西可以吃，所以只能凑合了。

这时，雄人鱼的老婆领着两个儿子回来了。她的相貌端庄，两个儿子每人手中抓着一条小鱼，胡乱地啃着，吃得正香。

"这个秃尾巴是谁？"雄人鱼的老婆见渔夫和自己的丈夫在一起，便脱口而出。

经她一喊，雄人鱼的儿子和女儿都用惊奇的眼光看着渔夫的屁股，随后便哄堂大笑起来。

"你带我回家，就是存心让你老婆儿女取笑的吗？"渔夫不高兴了。

"对不起，老兄。我们这里的鱼都长着尾巴，没有尾巴的鱼就会被抓走。我的妻子见识短浅，儿女幼小无知，请你别和他们计较。"雄人鱼真诚地向渔夫道歉，然后又呵斥了家人一顿。

雄人鱼正在好言安慰渔夫，突然冲进来十个粗鲁莽撞的大汉。

"阿布顿拉，国王得到报告，说你们家来了一个秃尾巴人，是真的吗？"为首的大汉冲着雄人鱼喊道。

"他是来我家做客的朋友，一会儿就走。"雄人鱼指着渔夫对他们说。

"不带走他，我们无法向国王交差。"大汉们说。

"国王的命令是不能违抗的，我们一起去见国王，我会在国王面前替你说情的。国王一旦知道你是从陆地上来的，就会放你回去的。"雄人鱼无奈地对渔夫说。

渔夫只好跟着雄人鱼去见国王。

"欢迎你，秃尾巴人！"一见到渔夫，国王就大笑着说。

周围的鱼也纷纷嘲笑渔夫没有尾巴。

"陛下，他是生活在陆地上的人，是我的好朋友。他不习惯海里的生活，喜欢吃做熟的鱼，请您开恩，放他回家吧。"雄人鱼向国王请求道。

国王慷慨地答应了雄人鱼的请求，并说要款待渔夫，渔夫只好客随主便。

不一会儿，国王的侍从就为渔夫摆上了各式各样的鱼肉，将他当作上宾招待。

"回去之前，你希望我赏给你什么，尽管提吧。"国王对渔夫说。

"那就请陛下赐给我一些珍珠和宝石吧。"渔夫壮着胆子回答说。

国王答应了渔夫的请求，吩咐侍从领渔夫去珠宝库里随意挑选。

渔夫满载而归。

渔夫准备上岸，雄人鱼拿出一包礼物递给他。

"过一段时间，我要去拜访陆地上的朋友。这是给他们的一点薄礼，先寄存在你那儿。"雄人鱼对渔夫说。

渔夫收下东西，刚要登岸，却看到一些男女老少正大摆筵席，吃喝歌唱。

"他们这么高兴，是不是在办喜事呀？"渔夫好奇地问道。

"不是，这是在办丧事。"雄人鱼解释说。

"既然是办丧事，他的亲朋好友为何还这么开心呢？"渔夫不解地问。

"那陆地上的葬礼是什么样？"雄人鱼问道。

"在陆地的葬礼上，死者的亲朋好友会非常伤心。"渔夫答道。

雄人鱼听了，立刻瞪大眼睛，并且索回了寄放在渔夫那里的东西。

"这是为什么?"渔夫感到很奇怪。

"你们生孩子的时候欢天喜地,人死了却要哭哭泣泣,这和我们正相反。"上岸后,雄人鱼说道。

"人的生命,是上天赐予的礼物,而失去生命,是上天收回了礼物。可是,上天要收回礼物时你们却不愿意归还,甚至痛哭流涕,既然这样,我怎么敢把礼物托付给你呢?我们的差距这么大,也就没有必要做朋友了。"雄人鱼说完就撇下渔夫,潜入水中消失了。

渔夫只好一个人把埋藏的衣服挖出来穿上,带着珠宝回王宫了。

国王见渔夫回来非常高兴。

"你走了这么久,干什么去了?"国王亲切地问道。

渔夫把跟随雄人鱼去海里旅行的经过详细地告诉了国王。

听了渔夫的描述,国王非常吃惊。

渔夫还是念念不忘雄人鱼,每天都去海边大声呼唤他，可是始终听不到他的回声，更不见他的身影。经过很长一段时间，渔夫才打消了再见到雄人鱼的念头，安下心来，和妻子儿女过起了舒适快乐的生活。

易卜拉欣和赭米莱

很久以前，有一个叫易卜拉欣的美男子，他的父亲是埃及的执政官海绥补。

一次，易卜拉欣来到一家书店，随手拿起一本书翻阅，突然被书中插画上一位漂亮的女子吸引了。

"请将这本书卖给我好吗?"易卜拉欣问道。

"您喜欢它，是我的荣幸，怎么能要钱呢?"书店老板回答说。

易卜拉欣捧着那本书满心欢喜地回到家中，日夜欣赏，如醉如痴。

易卜拉欣发现，自己已经深深爱上了画中的姑娘。于是，他决定去找书店老板问问。

"老板，您能告诉我，这幅画像是谁画的？"易卜拉欣来到书店问老板。

书店老板告诉他，这幅画是一个名叫艾博的男人画的，听说住在巴格达的克尔虎巷子。

易卜拉欣回到家准备行装，向巴格达进发了。

易卜拉欣艰难行走了一个多月，终于到达了巴格达城。

他边走边向人打听克尔虎巷子，当走进一条只有十几户人家的小巷时，看到临街有户人家，两扇铜门上镶着银环，门口石凳上铺着名贵的毛毯，一个身穿华服、仪表不凡的男人端坐在石凳上。

"你好，我是外乡人，路过这里，想找个住处。"易卜拉欣很有礼貌地问男人。

看到这样一位英俊的小伙子向自己求助，男人欣然答应了他的请求，吩咐女仆马上去给易卜拉欣收拾房间。

"太感谢了，请问房租多少钱?"易卜拉欣问道。

"见到你我很开心，你想在这里住多久都可以，不用给钱，如果你再愿意陪我下几盘棋，那就更好了!"男人回答说。

"我当然愿意。"易卜拉欣连忙回答说。

女仆为二人摆好棋盘，男人便和易卜拉欣对弈起来。

易卜拉欣棋艺精湛，一连赢了好几盘。

"整个巴格达城中，还没人能赢得了我，今天败在你的手下，我心服口服。到我家去吃饭吧，这将是我全家的荣幸!"男人邀请道。

易卜拉欣欣然接受邀请，可当他吃完饭起身时，却发现自己的行囊不见了，立刻吓得脸色苍白。

"小兄弟，再陪我下一盘棋好吗?"男人问道。

易卜拉欣勉强答应，但这次却很快就输了。

当男人知道易卜拉欣是因为行囊不见而心神不宁时，

便吩咐仆人去内室把他的行囊拿了过来。

"你能告诉我,你从哪儿来,到这里来做什么吗?"男人微笑着问道。

"实不相瞒,我叫易卜拉欣,从埃及来。这幅画像是我在一家书店里看到的,一下子就被这画中的姑娘迷住了。书店老板说画这幅画的人名叫艾博,住在巴格达城克尔虎巷子。我只想知道,这画中的姑娘是不是确有其人?"易卜拉欣将画像拿出来递给男人。

"我就是你要找的艾博!"男人惊讶地站起身,拉住易卜拉欣的手说。

"太好了,请您告诉我画中的姑娘是谁?"易卜拉欣激动地问。

"她是我叔父的女儿,名叫赫米莱。我叔父是巴士拉的执政官勒伊斯。赫米莱的美貌天下无双,可是人却乖张薄情。我曾恳求叔父将赫米莱许配给我,不管花多少聘礼我都愿意。谁知赫米莱知道后勃然大怒,派人警告我滚远点儿，不然就杀了我。"艾博走到书柜前，拿出几本有同样插图的书，指给易卜拉欣看。

"我知道她会说到做到，因为她对男人的讨厌与仇视是出了名的。我画了很多她的画像插在书中，让它随着书籍流传到各地，祈祷有一天能有像你这样俊朗深情的青年，看中她的美貌，并能赢得她的芳心。"艾博说。

他的这一番话，让易卜拉欣陷入了沉思。

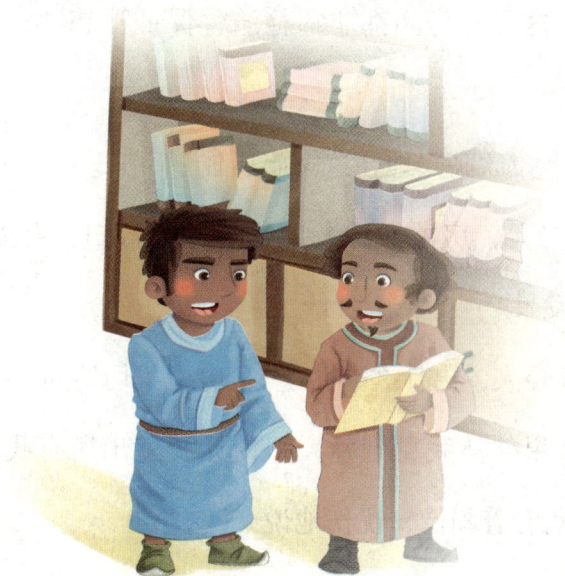

"我愿意尽我所能，去帮助你。"艾博说道。

艾博为易卜拉欣准备了去往巴士拉城的船只，还有旅途中所需的一切用品。

一切准备就绪，艾博和易卜拉欣依依惜别。

易卜拉欣走进巴士拉城，来到一家旅店门前。

"老板，这里有整洁安静一点儿的房间吗？"易卜拉欣问道。

"我这里的房间都非常整洁，保证让您满意。"房主急忙说道。

易卜拉欣高兴地在这家旅店住了下来。

第二天，房主去易卜拉欣的房间打扫，看见他拿着一张画像发呆。

"年轻人，出什么事儿了？"房主关切地问。

"如果能让我见到她，即使让我献出所有我都愿意。"易卜拉欣看着画像，忧伤地说。

看着易卜拉欣伤心的样子，房主心疼得不知如何是好。

"就凭你这举世无双的容貌，世上所有的女子都只配做你脚下的尘土，真不知道什么样的女子，让你如此动情？"房主劝道。

"我喜欢的这个姑娘名叫赭米莱，是勒伊斯的女儿，不知如何能够见到她。"易卜拉欣摇着头说。

"快打消这个荒唐的念头儿吧！你可知道赭米莱向来厌恶男人？巴士拉城里所有的人，都不敢在她面前提男人的事儿，说这话是要被杀头的！"房主惊叫道。

易卜拉欣听完，难过地痛哭起来。

"我们这儿有个裁缝，是个驼背，赫米莱经常找他缝制衣服。你去找他谈谈，或许他能有办法让你们见面。"房主说。

易卜拉欣高兴极了，急忙去找驼背裁缝。

"老伯，我的衣服破了，请您帮我补上吧。"易卜拉欣对裁缝说。

裁缝接过衣服，很快就补好了。

易卜拉欣谢过他之后，拿出五枚金币作为报酬，然后离开了。

"世上怎么会有这样英俊慷慨的男人呢?"裁缝想。

第二天，易卜拉欣又来到裁缝铺，说自己的衣服破了，请裁缝帮他缝补。

裁缝帮他缝好后，易卜拉欣又给了他十枚金币。

"请告诉我，你这么做的目的是什么?"裁缝好奇地问。

"老伯，实不相瞒，我是真有事儿求您帮忙。"易卜拉欣将事情原原本本地说了一遍。

听完他的叙述，裁缝吓得差点儿坐在地上。

"可不能提她的名字，或是想去见她。她对男人的仇视可是出了名的。"裁缝提醒道。

"求您帮帮我吧，为了能见到赭米莱，我已经放弃了一切。"易卜拉欣请求说。

见易卜拉欣如此伤心，裁缝也十分难过。

"真是个痴情的孩子，我就豁出这条老命试试吧。明天你再过来，我帮你想个办法，希望能帮上你。"裁缝说。

易卜拉欣热情地拥抱裁缝，然后回到旅店静静地等待明天。

第二天早晨，易卜拉欣就来到裁缝铺。

"请问老伯，帮我想到办法了吗？"易卜拉欣问道，然后递给他满满一袋金币。

"你马上回去准备足够的食物，等明天早晨天亮，就去河滨乘船，让船夫送你去巴士拉下域。你会看到一座漂亮的花园，赫米莱小姐经常去那里。花园门前有一位和我一样驼背的管理员，你去求他帮忙吧。若他肯帮你，你的心愿就达成了。"裁缝回答说。

不久，易卜拉欣带着食物来到底格里斯河畔。

"我想去巴士拉下域，请您帮忙把我送去，好吗？"易卜拉欣对船夫说。

"你去那里做什么？从这往下三里之内可以，超过三里，我不能去。"船夫回答说。

"行，就按你说的办。"易卜拉欣给了船夫十枚金币。

船夫划着小船，将他送到离花园很近的地方，说什么也不敢往前走了。

易卜拉欣见状，就又拿出十枚金币给他，求他再帮自己一把。

船夫从没见过如此俊美又如此慷慨大方的年轻人，不由得把心一横，答应再送他一程。

当船来到花园边时，易卜拉欣激动万分，奋力一跃，跳上了岸。

易卜拉欣悄悄地绕到花园门口，只见花园的大门开着，一张象牙床上坐着一位驼背的管理员。

易卜拉欣赶紧上前扑倒在他面前。管理员被年轻人的容貌所打动，连忙将他扶起。

"小伙子，你是谁，怎么来到这里了？"管理员吃惊地问道。

"我遇到了难题，现在走投无路了。"易卜拉欣一边说，一边伤心地痛哭起来，将自己的遭遇叙述一遍。

管理员听后，沉默良久。

"若驼背裁缝不是我的亲兄弟，我无论如何也不能帮你。这个花园是赫米莱游玩休息的地方，她每隔几天会来一次，都躲在婢女们用金帐钩撑起的丝绸帐篷里，从不让人看到她。你若被她发现，我可能被杀头，但我愿意为你豁出命试试。"管理员说。

听了这番话，易卜拉欣十分感激。

管理员拉着易卜拉欣走进花园，花园里树木苍翠，鸟语花香，美得就像天堂。

管理员为易卜拉欣拿来丰盛的美酒美食，两人一起畅饮起来。

见易卜拉欣吃得香甜，管理员开心极了。

管理员帮易卜拉欣找了一个藏身的地方，并告诉他爬到树上躲起来，这样只要赭米莱小姐来这里，他就能够看到她。

"明天就是赭米莱小姐来游园的日子了，我要去准备一下，你先在园中好好休息，养足精神，等着明天见你的心上人吧！"管理员说完转身离开了。

第二天早晨，易卜拉欣刚刚睡醒，管理员就急匆匆地赶来了。

"快躲起来，赭米莱小姐的仆人已经过来了，很快赭米莱小姐就会到这里来。你藏好之后，千万不能发出任何声响，一旦被人发现，我们就都完蛋了。"管理员再三嘱咐。

　　易卜拉欣赶紧向藏身的树丛跑去。见易卜拉欣藏好，管理员长出一口气，转身回到门廊，端坐在象牙床上，装作什么事儿都没发生一样。

　　易卜拉欣刚刚藏好，赭米莱的五个仆人便来到亭榭中，点上上等的香料，喷洒玫瑰香水，铺上细软的丝绸铺垫。

　　紧接着，五十个美若天仙的婢女翩然而至。只见她们用金杖抬着红缎帐篷走进园中，赭米莱小姐就躲在红缎帐篷里。

　　尽管易卜拉欣使劲儿睁大双眼，可却连赭米莱的影子都没见到。

　　不一会儿，婢女们在庭院中央摆好了饭菜，大伙儿吃喝完毕，便一起载歌载舞。

　　赭米莱小姐端坐在红缎帐篷里，看大家表演。

　　当大家跳舞跳得兴致正浓时，忽然，红缎帐篷的纱帘一挑，赭米莱小姐含笑走了出来。

只见她头戴镶金嵌玉的华丽王冠，身穿华美的衣裙，脖子上戴着珍珠项链。婢女们一起把赭米莱小姐围在中央。

"赭米莱小姐，我们从未见您这么开心过，恳请您也和我们一起跳一曲吧!"婢女们央求道。

赭米莱起身脱去外衣，在人群中央跳起舞来，她的舞姿美得妙不可言。

赭米莱小姐跳得正高兴时，无意中看到了藏在树丛中的易卜拉欣，只见她脸色骤变，吩咐婢女们继续跳舞，自己拿起一把匕首，向易卜拉欣藏身的地方奔来。

见赭米莱气势汹汹地来到面前，易卜拉欣吓得魂飞魄散。

"这回完了!"易卜拉欣暗叫一声。

当赭米莱来到他面前站定，四目相对之时，奇迹发生了。只见赭米莱惊呼一声，匕首应声落地。

"你是什么人，为什么让我坚硬的心瞬间变软了呢?"

赫米莱十分惊讶。

易卜拉欣索性向她表达了爱慕之情，并讲述了自己的身世。

"你真是埃及执政官海绥补的儿子？"赫米莱惊呼一声。

当得到易卜拉欣肯定的答复时，赫米莱激动地流下眼泪。

"当初，只是听说埃及有你这样一位绝美的少年，我就开始对世上其他男人产生了抵触。我一心爱慕着你，希望能与你相见，今天终于如愿以偿。"赫米莱哭着说。

听完这些话，易卜拉欣万分感动，上前拉住了赫米莱的手。

易卜拉欣打开袋子，拿出来自己准备的食物和美酒。

赫米莱和易卜拉欣坐在地上一边说笑，一边开心地吃喝起来。

"我真的离不开你了，请你赶紧去一个安全的地方，我安排完这里的事情就去找你。"赭米莱嘱咐说。

赭米莱独自回到亭榭，见婢女们依然在唱歌跳舞。

"大家赶紧去收拾一下，我觉得身体不舒服，必须马上赶回去。"赭米莱吩咐道。

婢女们一听，赶紧簇拥着赭米莱登船离去。

见赭米莱小姐和婢女们匆匆离去，管理员很是不解，急忙来到园中找到易卜拉欣。

"看来你和赭米莱小姐没有缘分啊！她这么快就走了，不知是什么原因。幸好她没发现你，否则我们就遭殃了。"

管理员遗憾地说。

"唉，一直没机会见到赭米莱，看来是没什么指望了。"易卜拉欣撒谎道。

"别灰心，要不你就继续留在这儿，等她下次再来时，想办法见她一面。"管理员安慰道。

"算了，我还是回去吧。"易卜拉欣装出心灰意冷的样子说。

易卜拉欣乘船返回旅店。见他平安归来，房主高兴得落下泪来。

因为害怕走漏消息，易卜拉欣同样没有告诉房主实情，只说自己要回家去了。

房主依依不舍地将易卜拉欣送到船上，含泪与他挥手告别。

易卜拉欣吩咐船员将船停在赭米莱小姐回家的必经路口，耐心等候赭米莱小姐的到来。

天黑之后，忽然一个手持长剑、满脸络腮胡子的黑衣人纵身跳上船，用剑指着易卜拉欣的胸口。

"你这个大胆狂徒，竟敢来巴士拉城调戏执政官的女儿，你可知道这是死罪吗?"黑衣人喝道。

易卜拉欣被吓得目瞪口呆，不知如何是好。

这时，却见黑衣人哈哈一笑，扯掉了脸上的络腮胡子，脱去黑衣，两人顿时眼前一亮。原来，是赭米莱装扮成黑衣人，前来赴约。

易卜拉欣赶紧吩咐船员，开船赶往巴格达城。

船员鼓起风帆，乘风破浪，很快就平安抵达巴格达城。码头上有很多船只，见到他们归来，很多船员都互相打起了招呼。

易卜拉欣在人群中看到了艾博，赶紧过去打招呼。

"很高兴再次见到你，我一直在这里祈祷你平安归来。你的愿望达成了吗?"艾博关切地问。

"我的心愿达成了。"易卜拉欣高兴地说。

"真的吗，能让我看她一眼吗?"艾博望着易卜拉欣说。

易卜拉欣点头答应，带着艾博来到赭米莱面前。

一见到艾博，赭米莱的脸色立刻变得苍白。

艾博吩咐仆人拿来几盒高级糖果，当作贺礼送给他们。

艾博说了一些祝福的话，便与他们告别。

易卜拉欣和赭米莱在返回埃及的途中，提起了艾博。

"艾博以前曾经向我求婚，当时就被我严厉地拒绝了。这次他去巴士拉，会不会向我父亲告密呢？"赭米莱十分担心。

"放心吧，等我们回到埃及时，或许他还没赶到巴士拉呢！"易卜拉欣笑着说。

听易卜拉欣这样宽慰自己，赭米莱也露出了笑容，伸手从糖果盒里拿出一颗糖果，放到易卜拉欣的嘴边。

易卜拉欣张嘴将糖果吃了下去，没想到糖果刚下肚，就昏了过去。

第二天，易卜拉欣醒来时，发现自己竟然躺在一栋废旧的房子里。原来，是艾博在糖果里下了迷药，将易卜拉欣迷倒后，派人将赫米莱抢走。

易卜拉欣不知所措，刚想出去向人求救，就见一群人向这里涌来。

易卜拉欣赶紧向一间废弃的澡堂跑去，谁知他一进澡堂，便被一具尸体绊了一跤，摔倒在血泊里。

最终，易卜拉欣被省长的手下给抓了起来。

"杀人是要偿命的，拉出去砍了吧！"省长对手下说。

听到省长死刑的判决，易卜拉欣非常绝望。

行刑的时刻到了，刽子手拿来布条将易卜拉欣的眼睛蒙上，只等省长一声令下，便挥刀行刑。

"我是被冤枉的啊！"易卜拉欣万念俱灰地呼喊道。

说来也巧，正好刑场前有一支马队经过，听到了易卜拉欣的喊声，急忙制止行刑。

易卜拉欣一眼便看出来带队的正是埃及的官员。原来，这队人马正是埃及执行官海绥补派来寻找儿子的。

"你这个有眼无珠的恶棍，想害死埃及执政官的儿子吗?"官员对着省长怒骂道。

"我真的不知道他是埃及执政官的儿子，要不是看他满身的血迹，我也不能抓他顶罪啊!"省长吓得跪倒在地。

"你这个愚蠢的家伙，不分青红皂白，要连累多少无辜的人冤死啊?"官员斥责道。

省长吓得再也不敢吱声，派人又去澡堂附近搜寻，终于将躲藏在角落里的杀人犯抓到了。

省长将杀人犯送到王宫，巴格达国王立即下令将犯人砍头示众。

易卜拉欣被国王派人接到宫中。当国王得知易卜拉欣的遭遇后，马上命侍卫赶到艾博家，救出了赭米莱。

巴士拉执行官勒伊斯来到王宫，揭发易卜拉欣抢走女儿赭米莱的罪行。

"这是埃及执政官海绥补的儿子，做你的女婿你不愿意吗?”国王对勒伊斯说。

勒伊斯一听,立刻点头同意了。

在国王的主持下,易卜拉欣和赭米莱在王宫举行了隆重的婚礼。后来,他们一起回到了埃及,过上了幸福美满的生活。

伊塞克湖的传说

很久以前，有一座古老的城市建在半山腰，上方是陡峭的悬崖。

山顶上矗立着一座雄伟的城堡，它的后面是万丈深渊。

平日里，片片白云绕着城堡飘来飘去，给人一种神秘莫测的感觉。

城堡是由一个赫赫有名的老汗王建造的。

老汗王非常富有，但喜怒无常、凶狠残暴。在他的统治下，人们战战兢兢地过着每一天。

大家走在大街上，甚至不敢互相问好，个个都低着头，来去匆匆，生怕让老汗王抓住把柄。尽管这样，每天还是有许多人被投入监狱。

汗国内有一位姑娘，她的美貌在汗国里无人能比。为了追求她，许多骑士都来拜访，有时甚至会拔剑相向。

"要打去远处打，别脏了我家的毡房，我最看不起斗狠拼命的人！"姑娘丝毫不留情面。

"那你喜欢的人是谁？"骑士们仍不甘心，忍不住问道。

"我喜欢的是另一个人。"面对所有求婚的人，她永远都这样回答。

其实，连姑娘自己也不知道他的名字。

姑娘只依稀记得，在一个早晨，阳光刚刚照亮群山，伴随着一阵马蹄声，一个英俊的骑士骑着一匹白马，出现在她的毡房前。

"跟我走吧，美丽的姑娘。"白马骑士微笑着揽住她的腰，把她扶上马背。白马长嘶一声，腾空而起，飞上天空。云彩仿佛洁白的轻纱，缠绕在他们周围。

白马骑士讲了许多轻松愉快的故事，姑娘倾听着，不时发出爽朗的笑声。

那天过得快乐极了。分手时，白马骑士摘下一个宝石戒指，轻轻为姑娘戴上。

"美丽的姑娘，我得回去了。记住，永远不要摘下它，它会让你永远幸运。"在姑娘依依不舍的注视下，白马骑士像风一样地离开了。

老汗王虽然妻妾成群，但听说汗国里有一位漂亮的姑娘，还是决定再娶一个妻子。

使臣带着丰厚的聘礼，浩浩荡荡来到姑娘家。

"我不会嫁给他。他已经有很多妻子了，请他善待她们。"姑娘毫不犹豫地拒绝了。

使臣和随从们面面相觑，感到意外，在整个汗国，还没有谁敢公然违背老汗王的旨意。

姑娘一心想着白马骑士，见使臣们还不离开，便将聘礼推到一旁。

"告诉老汗王，我是不会做他妻子的。除了心上人，我绝不会嫁给任何人。"姑娘说完使劲儿关上毡房门。

使臣和随从们面面相觑，只好守在毡房外。

"美丽的姑娘，请你还是跟我们回去吧。你不去，我怎么交差啊？"使臣央求道。

"那是你的事儿。"姑娘大声说道。

"老汗王还没有办不到的事儿，违背他的旨意，你会受到惩罚的。"使臣威胁道。

"我已经说过，除了心上人，我不会嫁给任何人！"姑娘猛地推开毡房门，向山上跑去。

"快，快去追！"使臣命令手下道，但为时已晚，姑娘已经跑远。

使臣只得放弃追赶留下随从，自己带着聘礼，回去复命。

姑娘在山上边跑边喊，希望能遇见白马骑士，可是呼唤了大半天，直到声嘶力竭，也只听到山谷中的回音。

"白马骑士，你在哪儿？"姑娘筋疲力尽，倒在地上，眼泪滚滚落下。

忽然，她想起白马骑士临走时说的话，这才发现手上的宝石戒指不见了。

不见了宝石戒指，姑娘伤心地哭了好半天。天渐渐黑下来，她只好跟跟跄跄地回到家，刚打开毡房门，就看见了一些手持长矛的士兵。

"走吧，美丽的姑娘，老汗王有请。"一个士兵客气地说道。

姑娘转身想跑，被几个士兵扭住胳膊，蒙上眼睛。

姑娘的父母死死拉住女儿的手，哭得十分伤心。一些士兵强行将他们拉开。

士兵将姑娘带到一个阴暗的峡谷中，关在一间屋子里。

"美丽的姑娘，老汗王看上你，这是你的福气。"一个中年女人来到屋前，隔着窗子劝她。

"我爱另一个人。去告诉他，除了心上人，我不会做任何人的妻子。"姑娘愤怒地喊道。

"我当初也有心上人，可那又能怎么样，谁能逃出老汗王的手掌心呢？他是不会放过你的。"中年女人长叹一声。

"带我去见老汗王吧！"姑娘沉思良久，最后咬着嘴唇说道。

取下蒙眼布，姑娘发现自己站在富丽堂皇的宫殿里。她知道，这是老汗王的宫殿，自己恐怕插翅难飞了。

老汗王走下宝座，来到姑娘面前。

"答应做我的妻子吧，我会给你享不尽的荣华富贵。"老汗王笑着伸手去拉姑娘。

"休想，我爱的是另一个人，一个白马骑士。"姑娘斩钉截铁地回答说。

"还没有人敢对我说不。"老汗王恼羞成怒，再次伸出手。

姑娘急忙闪身，两个人在宫殿里追逐起来，不一会儿，老汗王就气喘吁吁了。

"姑娘，你要知道，没有我的命令，你是离不开王宫的。"老汗王喘息着说道。

姑娘随手抓过一个杯子摔碎，用尖尖的玻璃对着老汗王。

老汗王不敢上前，将手一挥。侍从们围上来，将姑娘逼到窗前。

姑娘跳上窗台，看到下面是万丈深渊。

"看你还往哪儿跑。"老汗王想抓住姑娘。

姑娘悲愤地跳了下去。

刹那间，天地间充斥着恐怖的声音，高耸的城墙和阴森的古堡轰然倒塌，滔滔的洪水从峡谷里涌出来，淹没了整个王宫。

老汗王在浑浊的洪水中上下翻滚，转眼间就消失了。

不久，在王宫的原址出现了一个山中湖泊。

湛蓝湛蓝的湖水倒映着蓝天，鱼儿在湖水中游来游去，水鸟在湖面上翩翩飞翔。

人们为这个湖起了个好听的名字——伊塞克湖。

小王子和狐狸

从前，有一个国王，他有三个儿子。这三个儿子身材魁梧，相貌英俊。

王宫后面有一片很大的果园，果园里种着各种各样的果树。果树一年四季都开花结果，结的果实又大又甜。

国王非常爱吃水果，所以十分喜爱这片果园，一有空就去那散步，每次散步时都要仔细地观察果树。可是，每观察一次他都要生气，有时气得几天吃不下饭，因为有一只鸟每天夜里都来破坏果园。

有一天，国王把三个儿子叫到跟前。

"你们谁能帮我赶走那只鸟?"国王问。

"让我去吧!"国王的话音刚落,大王子马上回答。

国王满意地点点头。

晚上,大王子带着猎枪来到果园。他刚到果园,就觉得特别困,靠着一棵果树睡着了。半夜,鸟又来偷吃水果。大王子一觉醒来,无可奈何地看着满地被鸟啄掉的水果,垂头丧气地回到王宫,向父亲一五一十地讲述了事情的经过。

二王子见哥哥没有完成任务,就自告奋勇地说自己愿

意去尝试一下。

国王同意了。到了夜里，二王子带着猎枪来到果园。刚开始，他害怕像哥哥一样睡觉耽误事，便使劲儿睁着眼睛。

可是，没过多长时间，二王子也开始打起盹儿来。当他醒来的时候，已是第二天早晨。

看着被鸟啄落了一地的水果，二王子急得直抓脑袋，懊悔自己没有完成任务。

没办法，他只好无精打采地回到王宫。国王同样没有责备他，但心里很难受。

小王子见哥哥们都没完成任务，便请求去试一试。晚上，他背着猎枪来到果园。

小王子一心要为父亲解忧，一点儿睡意也没有。他把枪擦得铮亮，隐藏在一棵果树的后面，静静地等待着。

半夜，小王子听到了一些细微的声响，知道是鸟来偷吃水果了，便朝发出响声的地方走去，果然看见一只鸟在啄水果。这只鸟每啄一下，树上就掉下一只水果。

"太不像话了！"看到这个场景，小王子气坏了，一枪打过去。

由于天太黑，小王子并没有射中鸟的要害部位，只是打中了一只翅膀。鸟带着伤飞走了，一只长长的羽毛飘落下来。这是一只金光闪闪的羽毛。小王子拿着羽毛回到王宫，送给国王。

"这只羽毛怎么样？"国王仔细看了好半天，好奇地问大臣们。

"这只羽毛比世界上任何东西都珍贵。"大臣们见国王很喜欢，齐声回答。

"照这样说，这只羽毛比王位还要值钱，那我一定要得到这只鸟！"国王说。

"我的儿子们，你们谁愿意去把那只鸟抓回来？"国王把三个儿子叫到跟前。

"让我去吧！"大王子首先站出来。

"好儿子，有出息，不愧是大王子！"国王很高兴。

第二天，大王子出发了。途中，他遇上一只狐狸。

"年轻人，你要去哪儿呀？"狐狸问。

"我去替父亲抓带有金羽毛的鸟，可现在不知道这只鸟在什么地方。"大王子回答。

"只要你有信心，抓到这只鸟并不难。你愿意让我帮助你吗？"狐狸笑了笑。

"太好啦！"大王子很开心。

"沿着这条路一直往前走，途中，你会看到两座房子，一座有灯，一座没灯。你要进到那座没灯的房子里，千万不要靠近有灯的那座。无论遇到什么困难，你都要挺住，第二天天亮后再继续赶路。"狐狸叮嘱道。

"谢谢你！"大王子继续朝前方走去。

他走了很长一段路，并没有看见房子，就回来找狐狸。

"你竟敢欺骗我，哪里有房子？傻瓜才会相信你说的谎言！"大王子怒气冲冲，端起枪瞄准狐狸。

狐狸钻进路边的草丛，一溜烟儿地跑了。

大王子继续往前走，走了很远的路程，果然看见路旁有两座房子，正如狐狸所说，一座明亮，一座黑暗。

这时，他的耳边响起狐狸告诫自己的话，千万不要靠近那座明亮的房子。可是，那座明亮的房子里摆着各种漂亮的家具，墙角堆满了美酒，几个年轻人敲着鼓，一个漂亮的女子站在中间唱歌。

大王子一见，身上的骨头都酥了，一头钻进去，把抓鸟的事忘得一干二净。

"哥哥数日不归，请您让我去吧。"二王子见哥哥一连几天都没有回来，便对国王说。

国王点了点头。二王子告别父亲出发了。途中，他也遇到了那只狐狸。

"年轻人，你要去哪儿呀?"相互问候后，狐狸同样问二王子。

"我去替父亲抓带有金羽毛的鸟，这只鸟每天晚上都糟蹋我父亲的果园！"二王子回答。

"我可以帮助你。沿着这条路一直往前走，途中，你会看到两座房子，一座有灯，一座没灯。你要进到那座没灯的房子里，千万不要靠近有灯的那座。无论遇到什么困难，你都要挺住，第二天天亮后再继续赶路。"狐狸语重心长地嘱咐着二王子。

"真是一派胡言，有谁愿意自讨苦吃！"二王子听完狐狸的话，就往枪筒里放子弹。

狐狸一看情况不对，赶紧又钻进草丛逃走了。二王子

继续赶路，走了很久，看到两座房子，一座明亮，一座黑
暗。

他同样看到了明亮房子里美好的一切。这时，二王子
也把自己要办的事情抛到脑后，钻进了明亮的房子里。

就这样，几天过去了。

"父亲，让我去吧！大哥和二哥这么多天都没消息，我
要把他们找回来。"小王子来到父王面前。

"我非常高兴听到你说这些话，去吧，孩子，注意安
全！"国王很欣慰。

小王子做了些准备就出发了。没走多远，他也遇上了
那只狐狸。

"年轻人，你要去哪儿呀？"狐狸问。

"我去替父亲抓带有金羽毛的鸟。"小王子如实回答。

"你需要我的帮助吗？"狐狸问。

"那真是求之不得的事情啊，我真不知该如何感谢
你！"小王子很开心。

"不要客气。沿着这条路一直往前走，途中，你会看到两座房子，一座有灯，一座没灯。你要进到那座没灯的房子里，千万不要靠近有灯的那座。无论遇到什么困难，你都要挺住，第二天天亮后再继续赶路。"狐狸说了同样的话。

"谢谢你的指点，你的恩情我永远不会忘记。"小王子同狐狸告别，继续往前走去。

"年轻人，请等一等！"狐狸突然从后面追上来。

"怎么回事？"小王子很惊讶。

"你诚恳地接受我的忠告，没有表现出任何恶意，我将帮助你尽快抓住那只鸟。来，骑到我的尾巴上！"狐狸气喘吁吁。

小王子抓住狐狸的尾巴，骑了上去。快要天黑时，他们来到那两座房子面前。

"你的两个哥哥正在里面寻欢作乐，早已把抓鸟的事情忘到了脑后。你千万不要学他们，一定要经受住考验。明天一早我在大路上等你！"狐狸说。

"放心吧，我一定按你说的办！"说完，小王子走进那座黑房子。

刚躺到冰凉的地上，臭虫、蚊子、蚂蚁等就全爬过来咬他。小王子的身上被咬出了一个又一个的大血泡，又痒又痛。

但一想到要去完成父亲交给的任务，他便表现出极大

的忍耐力，一夜没有睡觉，终于熬到了第二天天亮。

小王子走出房子继续出发，没走多远，就看见狐狸蹲在大路上正等着自己。

"早上好，年轻人，快骑到我的尾巴上来！"狐狸对小王子说。

小王子抓住狐狸的尾巴骑了上去。飞了大约三个小时，他们来到了金鸟所在的城市。

"城里有一座很高的房子，你推开大门走进去，会看到有一群卫兵在睡觉。你不要惊醒他们，悄悄地走过去。这时，你会看到那只鸟被关在一个铁笼子里。铁笼子旁有一个金笼子，你千万不要碰它，只管提起铁笼子往外走。"到了城门口，狐狸对王子说。

"好吧！"小王子同意了。

小王子走进城，果然看见一座很高的房子，便朝里面走去。经过大门时，他没有惊动正在睡觉的卫兵，一直走到放鸟的地方。

按照狐狸的话，小王子提起那只关着鸟的铁笼子。正准备往外走时，他突然觉得铁笼子很难看。

于是，小王子放下铁笼子，去提金笼子。可刚一提起金笼子，铁笼子里的鸟就大声叫起来。叫声惊醒了卫兵，他们跑过来，抓住小王子，把他暴打了一顿。

打完之后，卫兵们把他带到金鸟主人面前。

"念你是一个孩子，我可以不杀你，还可以把金鸟和金笼子全送给你。但是，你必须满足我一个条件：我想得到前面那座城市里的金马。"金鸟主人看了看小王子。

"好吧！"小王子没办法，只好同意了。

他走出城看见正在等着自己的狐狸，觉得很不好意思。

"你真是个不听话的孩子！我明明告诉你不要去碰那个金笼子，你就是不听。不过你总算平安出来了。"狐狸长舒一口气。

小王子把金鸟主人要他去找金马的事告诉给了狐狸。

"你真能给我惹事，快骑到我的尾巴上来，我带你去！"狐狸说。

转眼间，狐狸把他带到金马所在的城市。

"年轻人，已经到了，快下来吧！你这次进城后，千万不要乱闯，找到一座最长的房子，然后进去。如果有人问你话，千万不要回答，只要点点头就可以了，尽管往里面走。在最里面靠北面的墙上有一个大门，大门里面放的就是金马。金马的旁边有两副马鞍，一副宝石的，一副木头的。你拿那副木头的，千万不要去拿宝石的，一定要记住！"狐狸还是有点儿不放心。

"好吧！"小王子回答得很爽快。

小王子走进城，果然看见一座很长的房子，便径直走了进去。正如狐狸所说，有人问了他很多问题。

但是小王子并没有回答，只是礼貌地点点头。最后，他终于找到了金马。

在金马的旁边，果真放着两副马鞍，一副宝石的，一副木头的。小王子弯下腰，拾起那副木头的马鞍套在马身上。

正准备离开时，他突然觉得只有傻瓜才拿木头的。于是，小王子从马背上解下木头马鞍，重新放在地上。当他的手刚碰到宝石马鞍，马顿时大声嘶叫起来。

马的嘶叫声很大，引来了四五个仆人。仆人们赶过来抓住了小王子，把他带到金马主人面前。

"念你是一个孩子，我可以不杀你。前面城市的酋长有一个很漂亮的女儿，你要是把他的女儿给我带过来，我就

把金马和宝石马鞍都给你。"金马主人看了看小王子。

"好吧！"小王子又答应了。

他走出屋子，看见狐狸，心里特别懊悔。

"你怎么总是不听话，要是再这样下去，总有一天会把自己毁掉的！如果你当初听我的，哪里还会遇到这些麻烦呢？你现在有什么打算？"狐狸生气地问。

"金马主人看上了前面城市里酋长的女儿，让我去把她带来。"小王子声音很小。

"快骑到我的尾巴上来吧！"狐狸说。

小王子骑到狐狸的尾巴上，风在耳边"呼呼"地响着。大约过了半个小时，他们来到酋长女儿生活的城市。

"走在大街上，你觉得哪个女孩儿最美，那个女孩儿就是酋长的女儿。你看见她后，朝她微笑，然后转过身子赶紧往回走。这时，酋长的女儿就会在后面跟着你走。路上，她会请求你让她回家同父母告别。无论她有任何举动，你千万不能答应她！"狐狸对小王子说。

小王子点了点头，告别了狐狸，走进城去。

城里有很多行人，看得小王子眼花缭乱。

突然，前面来了一位年轻漂亮的女孩儿，贵气十足。小王子觉得这个女孩儿是世上最美丽的人。但她是不是酋长的女儿呢？小王子决定按照狐狸说的话试一试！他朝女孩儿笑了笑，然后转身往回走。

果然，女孩儿一直都在后面跟着他。快走到城门的时候，她请求小王子让自己回家和父母告别。小王子没理睬她，继续赶路。于是，女孩儿坐在地上号啕大哭。

"快去吧，我在这里等你。"小王子很可怜这个女孩儿。

女孩儿匆忙跑回王宫，向父亲讲述了刚才发生的一切事情。

"现在这个年轻人在哪里？"酋长问。

"他在城门前等我呢。"女孩儿回答。

"卫兵，快给我把这个家伙抓来！"酋长站起身来。

不一会儿，几个卫兵就冲到小王子面前，二话没说就把他抓到酋长面前。

"念你是一个孩子，我可以不杀你。你要是真的喜欢我的女儿，就用斧子将我王宫前的那块石头劈成两半。劈开了，我让女儿跟你去；劈不开，我就让卫兵杀了你。"酋长看了看站在自己面前的这个年轻人。

小王子同意了。他拿着斧子，来到王宫前，脱掉上衣，举起斧头，朝大石头使劲儿砍去。

小王子从下午砍到晚上，但是石头纹丝不动。狐狸见天色已晚，小王子还是没有出来，就进城去找他。它来到王宫前，发现小王子正在劈石头。

"哎，你让我说什么好，这个石头如果不用魔法是劈不开的！"狐狸念动咒语，举起斧子朝巨石劈去。

巨石一下子就被劈成两半。

"快去向酋长报告，就说是你把石头劈开的。"狐狸把斧子重新放回到小王子手中。

"我把石头劈开了！"小王子高兴地手舞足蹈，赶紧跑去向酋长报告。

"你们快过去看看！"酋长惊讶地对旁边的卫兵说。

卫兵来到王宫前，石头果然被劈成两半。

"他讲的是实话。"卫兵跑回来对酋长说。

酋长特别满意，连连称赞小王子英勇无敌。他满心欢喜地叫出自己的女儿，把女儿的手交到小王子手里，同时还送给他很多礼物。

小王子鞠躬向酋长道了谢。第二天清晨，他带着女孩儿和礼物，告别了酋长，向城外走去。

出城后，小王子见到了狐狸。

"你娶到了世界上最美丽的女孩儿。"狐狸把小王子叫到一旁。

"如果我娶了她，金马主人怎么办?"小王子问。

"你要记住，去取金马时，不可让女孩儿进屋。你一个人进去，告诉金马主人你把酋长的女儿领来了。他们出来见到女孩儿，就会把金马交给你。你接过马的缰绳，跳上马，并且迅速把女孩儿抱上马背，飞快地向城外跑去。你放心，他们是追不上你的。"狐狸说。

"在你到了金鸟所在的城市后，告诉金鸟主人你把金马牵来了。但你千万不要从马背上下来。当他们把金鸟交给你时，你接过鸟笼，快速向城外跑去。他们同样追不到你。你继续往前走。途中，你们会遇上一群人，他们想要杀掉两个年轻人。你千万不要过问这件事，并且在到家之前，不可在井边停留。以上这些你都记住了吗？"狐狸问。

"记住啦，我一定按照你说的去做！"小王子斩钉截铁。

狐狸高兴地点了点头，告别了小王子和女孩儿，独自离去了。

小王子带着女孩儿来到金马所在的城市。他让女孩儿在屋外等候，自己进去见金马主人。

"我把酋长的女儿带来了。"小王子对金马主人说。

"你出去看看。"金马主人吩咐仆人。

仆人跑到屋外一看，有一位美丽无比的女孩儿站在门外。

"酋长的女儿果然在外面。"他跑进去回复金马主人。

"给你马。"金马主人高兴地牵出金马，马背上放着宝石马鞍。

小王子接过缰绳，迅速跳上金马，把女孩儿抱起，放在马背上。金马驮着二人飞快地向城外跑去。

金马主人大声呼叫起来，连忙出去追。可金马越跑越快，最后连影子都看不见了。

小王子和女孩儿来到金鸟所在的城市。

"请告诉你们的主人，我把金马带来了。"小王子对守门人说。

"那位想得到金鸟的年轻人带来了金马。"守门人来到金鸟主人身边。

金鸟主人听了守门人的报告，觉得有些不敢相信。

"你替我去看看，这年轻人是否真的把金马带来了。"他命令身边的仆人。

仆人到外面一看，果然有一匹金马。

"这年轻人真的带来了金马。"他转身回去报告。

"快把金鸟和金笼子交给年轻人，然后把金马给我牵来。"金鸟主人高兴极了。

仆人遵照金鸟主人的吩咐将鸟装进金笼子。

"请您把金马交给我。"他走出屋外，把鸟笼放在小王子的手中。

小王子在马背上接过鸟笼，策马扬鞭，向城外跑去。

"主人，那个年轻人跑了！"仆人惊慌失措，赶紧回去告诉自己的主人。

金鸟主人跑出来一看，小王子早已无影无踪。小王子提着鸟笼，和女孩儿一道骑着金马，在回家的路上飞快地奔跑着。

没多久，小王子和女孩儿就来到了一明一暗的那两座房子前。就在这时，一伙儿人想要杀掉他的两个哥哥。

"你们在干什么？"看到哥哥们有难，小王子大吼一声。

"杀死这两个欠债的家伙！"众人喊道。

"他们欠了多少钱?" 小王子问。

"五千个金币!" 领头人回答。

小王子从女孩儿父亲送的礼物中拿出五千个金币交给那些人。那些人收下金币后, 放了两个哥哥, 满意地走了。

"咱们快回家吧!" 小王子对两个哥哥说。

四个人一起上路了。路过一口水井, 他们停了下来, 喝个痛快。

"咱们在这儿歇一会儿再走吧!" 两个哥哥和小王子商量。

　　小王子同意了。三兄弟坐在井旁开始亲热地聊起来。聊了一会儿，两个哥哥趁小王子没有防备，把他推到井里。

　　他们一个提着鸟笼，一个牵着金马，带着女孩儿，匆匆忙忙往家里走去。

　　"父亲，我们平安回来了！"刚到家，哥哥们就拥向父亲。

　　看到两个儿子回来了，国王特别高兴。

　　"你们奔波了多日，一定很累，快好好休息吧，我的孩子们。"他慈爱地看着两个儿子。

　　"父亲，你要的金鸟在这儿呢。"兄弟俩献上金鸟笼。

　　"太好了！"国王特别高兴。

　　然后，二人又把金马献给了国王。

　　"这可真是个宝贝呀，你们立下大功了，我要奖赏你们！对了，你们的弟弟呢？"国王围着金马转了一圈又一圈。

"我们没见到他呀!"兄弟俩装作很惊讶。

说来也奇怪,自从回到王宫,金鸟不叫,金马不吃,女孩儿整天哭哭啼啼。王宫里的人都感到很纳闷,可是谁也不知道这是为什么。

有一天,狐狸出门散心,从水井旁经过时,听见井中有喘息声。

"谁?"狐狸把头伸进井。

"是我!"小王子声音很微弱。

"我帮你上来!"狐狸的话音刚落,小王子就从井下飞了上来。

"我早就告诫过你不要去救他们,你就是不听话。幸亏有我,你才幸免于难。好啦,你现在回家去吧!半路上,你要是遇到一个人,便同他换一下衣服,然后再回宫。"狐狸对小王子说。

小王子再三谢过狐狸,往家走去。

走了好远一段路,小王子遇到一个商人,同他换了衣服，继续往前走。他回到王宫后，金鸟唱起了歌，金马又蹦又跳，女孩儿更是高兴得无法形容。国王见了很奇怪。

"今天发生什么事情了吗？"他高兴地问大家。

"我们的恩人回来了！"金鸟、金马和女孩儿一齐回答。

"你们的恩人是谁呀？"国王很疑惑。

"我们的恩人是小王子，他吃尽苦头把我们带到这里。而大王子和二王子昧着良心把他推进井里。"一说到这儿，他们很气愤。

国王一听，肺都要气炸了！

"卫兵，快把大王子和二王子叫来！"他大喊着。

大王子和二王子见国王勃然大怒，害怕极了，低着头站在一旁不敢吭声。

"你们德行败坏，连手足都不能容，还编造谎言欺骗我，以后还怎么来管理国家。我一定要惩罚你们！"国王命令卫兵把他们捆起来，投入大牢。

第二天，他为小王子举行了盛大的欢迎仪式。仪式上，小王子和女孩儿结为夫妻。

没过多久，国王就去世了。小王子给父亲举行了隆重的葬礼。在臣民的一片欢呼声中，小王子接替王位，成为了新国王。

几天后，他找到狐狸，派人用魔法使它变成了一个英俊的年轻人，并任命为宰相。两人亲密合作，精明地治理着整个国家。国王把哥哥们从监狱放出来，派兵把他们送到边远地区，让他们通过劳动成为真正有用的人。

棋　　女

　　从前，有个富商的女儿叫玛格娜。她太喜欢下棋啦，每天都要在自家门前的空地上下棋。时间长了，大家都叫她"棋女"。

　　这个城市酋长的儿子哈瓦杰每天骑马出城游玩，每当路过玛格娜家门前时，总会看到她在下棋。

　　玛格娜是个脸蛋儿漂亮、身材苗条的姑娘，哈瓦杰很喜欢她。哈瓦杰英俊潇洒，彬彬有礼。玛格娜对他的印象也很好。因此，两人一见面，总要热情地打招呼，互相问候一下。

一天，富商过生日，客人送来了各式各样的点心。点心虽然很多，但玛格娜最喜欢的是一种粗饼。这种粗饼是用米粉做的，味道好极啦！玛格娜怎么也吃不够，她不但在家里吃，还带上一块儿在门口边下棋边吃。

正巧，哈瓦杰骑马路过。

"玛格娜，你好啊？"哈瓦杰很高兴地招呼道。

"你好！哈瓦杰。"玛格娜站起来，看着哈瓦杰的眼睛，像往常一样回答。

"玛格娜，你在吃什么呢？"哈瓦杰见玛格娜手里拿着点心。

"哦，是粗米粉饼啊。"玛格娜微微一笑说道。

一听说是粗米粉饼，哈瓦杰很失望，心里便有点儿看不起玛格娜，甚至连一声"再见"也不想说，便骑马离去了。

一路上，哈瓦杰满脑子都是玛格娜和粗米粉饼：哼！粗米粉饼！那是穷人喜欢吃的东西啊！她家一定很穷，不然怎么会喜欢吃那种穷人爱吃的东西呢？

于是，哈瓦杰越来越看不起玛格娜了。但是，哈瓦杰想错了。他一点儿也不知道，玛格娜每天的餐桌上摆满了山珍海味，吃得都没胃口了。偶尔吃点儿粗粮点心，她觉得非常好。

哈瓦杰看不起玛格娜，她心里一点儿也不知道。哈瓦杰骑着马回来的时候，玛格娜还在门前下棋。

"玛格娜小姐，今天，我可真有点儿瞧不起你了。你知道那种粗米粉饼是谁吃的东西吗？只有穷人，对！只有穷人才喜欢吃呢！你吃得那么香，好像几天没吃饭似的！你家很穷吗？为什么这样寒酸？如果你家真的很穷，就对我说，想要多少钱财，我都会给你的。"哈瓦杰跳下马来，背着手走到玛格娜面前，撇了撇嘴说。

玛格娜从没受过这样的侮辱，气得浑身发抖，满脸通红，瞪了哈瓦杰一眼，一句话也没说。

没有得到玛格娜的回答，哈瓦杰摇摇头，沮丧地离开了。玛格娜盯着他的背影，很久才收回目光。

"亲爱的爸爸，和你商量一件事儿好吗？你的马，还有剑，能借给我玩玩儿吗？"玛格娜回到家里对父亲说。

父亲平时把女儿当作掌上明珠，呵护备至，疼爱有加，只要是女儿提出的要求，他总是想方设法来满足。现在，女儿想要玩一下自己的剑，骑一下自己的马，那又有什么不可以呢？

"孩子，你一定要小心，可别从马背上摔下来啊！"父亲满口答应，还关切地嘱咐道。

"爸爸，您就放心吧，我早就不是小孩子啦！"玛格娜欢快地说。

父亲听后，摸着胡子咧开嘴笑了。

晚上，玛格娜洗了澡，换上了一身男人衣服。她把自己打扮成一个年轻的小伙子，腰里悬着剑。对着镜子看了

看，玛格娜觉得非常满意，于是便从马房里牵出父亲的马，配上漂亮的马鞍，然后骑马出了家门。

一路上，玛格娜马不停蹄，直奔哈瓦杰家而去。到了哈瓦杰家，她直奔马房，找到哈瓦杰平时骑的那匹马，把它牵到院子里，拴在一根木桩上，举起鞭子狠狠地抽打起来。马被打得疼极了，忍不住地乱踢乱咬，拼命地嘶叫起来。

马的叫声惊醒了睡梦中的哈瓦杰，他起身朝院子跑了过去。

哈瓦杰胆子非常小，刚跑进院子，就发现一个"全副武装"的年轻人，正在用力抽打他的马。他"扑通"一声跪在地上。

"先生饶命！先生饶命！"哈瓦杰连连说道。

恰巧这时他的马拉了一堆粪蛋。

"捡粪蛋吃！"玛格娜立刻大声命令道。

哈瓦杰害怕极了，只好乖乖地捡起一个粪蛋往嘴里

送，可是马粪多么臭啊！他吃了一半就哇哇地吐起来。看着哈瓦杰狼狈的样子，玛格娜真是太开心了，便让他把剩下的半个粪蛋递给自己。

玛格娜接过用纸包上，装进了口袋里。这时，这批马又撒了一泡尿。玛格娜又命令哈瓦杰喝光地上的尿。他只好捧起马尿喝，直到把地上的马尿喝光。

"委屈你了。"玛格娜见状，说道。

然后跳上马飞快地离开了。

第二天，玛格娜换回原来的衣服，若无其事地在门前下棋。

哈瓦杰像往常一样，骑着马到城外游玩，经过玛格娜身边的时候，仍然和以前一样打招呼。

"玛格娜，你好啊？"哈瓦杰问候道。

"你好！哈瓦杰。"玛格娜有礼貌地回答。

哈瓦杰从城外玩够了，回来的时候，又看见玛格娜边玩棋边吃粗米饼！

"玛格娜小姐，我看你们家太穷啦！我送你些钱好不好啊?"哈瓦杰嘲笑道。

"谢谢你的好意。我们是有点儿穷，但也不至于穷到吃马粪、喝马尿啊?"玛格娜缓缓地抬起头，微笑着说。

随后，她掏出昨天夜里那半个马粪蛋，朝哈瓦杰哈哈大笑起来。

哈瓦杰一见马粪蛋，脸"腾"地红了。

"你……你在胡说！谁……谁吃马粪啦？"哈瓦杰结结巴巴地说道。

哈瓦杰回到家里，钻进自己的房间，倒在床上号啕大哭起来。

"亲爱的儿子，到底发生什么事儿啦，让你如此伤心呢？"哈瓦杰的父亲问道。

"亲爱的爸爸，我要结婚。我喜欢玛格娜，我要她做我的妻子！"哈瓦杰对父亲说道。

在往回走的路上，哈瓦杰就暗下决心：玛格娜，等我成了你的丈夫，看我怎么收拾你！

哈瓦杰是家里的小太阳，他的父亲对儿子有求必应。为了使孩子高兴，哈瓦杰的父亲当天就派人到玛格娜家提亲。玛格娜的父亲简直乐坏了，和酋长家结亲，那是一件多么荣耀的事儿啊！于是，他立即答应了这门亲事。

聪明的玛格娜马上明白了哈瓦杰的鬼心眼儿，要娶自己做妻子，还不是想好好地收拾自己吗？哼！想得美，到时候还不知道谁整治谁呢？于是，当父亲问她是否同意时，她几乎连想都没想，就满口答应下来。

成亲的日子很快就定了下来。玛格娜让父亲为自己准备十二只装满羊血的枕头做嫁妆。父亲虽然不知道女儿要做什么，但还是给她准备了。

结婚那天，玛格娜把羊血口袋藏到一只箱子里，被亲友们神不知鬼不觉地送进了酋长的家里。酋长家张灯结彩，歌舞阵阵，婚礼盛大而隆重，在人们的祝福声中，玛格娜和哈瓦杰结为夫妻。

到了晚上，哈瓦杰欢天喜地地进了洞房，看见美丽的妻子脱去了长衣，正在床上等自己，赶紧摘下腰间的剑，顺手放在枕边，准备和妻子度过美好的一夜。可是意想不到的事儿发生了。当哈瓦杰把剑放在枕头边时，锋利的剑把装满羊血的枕头刺破了，鲜血"咕咚咕咚"地冒了出来，弄得满床都是。哈瓦杰吓坏了，以为是自己杀死了妻子。

"不好啦！不好啦！我杀死了我的妻子！"哈瓦杰边跑

边嚷道。

看到哈瓦杰狼狈逃跑的样子，玛格娜开心极了。第二天一大早，她让自己带来的仆人把带血的衣服和床上的东西换掉，再洗得干干净净，把洞房恢复成原来的样子，看上去像什么事情也没有发生一样。玛格娜觉得很高兴，她洗了澡，换了身干净的衣服，若无其事地在屋里等着。

这时候，哈瓦杰正在陪着父亲接待客人。前来贺喜的客人可真多，送走一批又来了一批。对于昨晚发生的事情，哈瓦杰还没来得及和别人讲呢。

玛格娜不见哈瓦杰，便派仆人去见他。

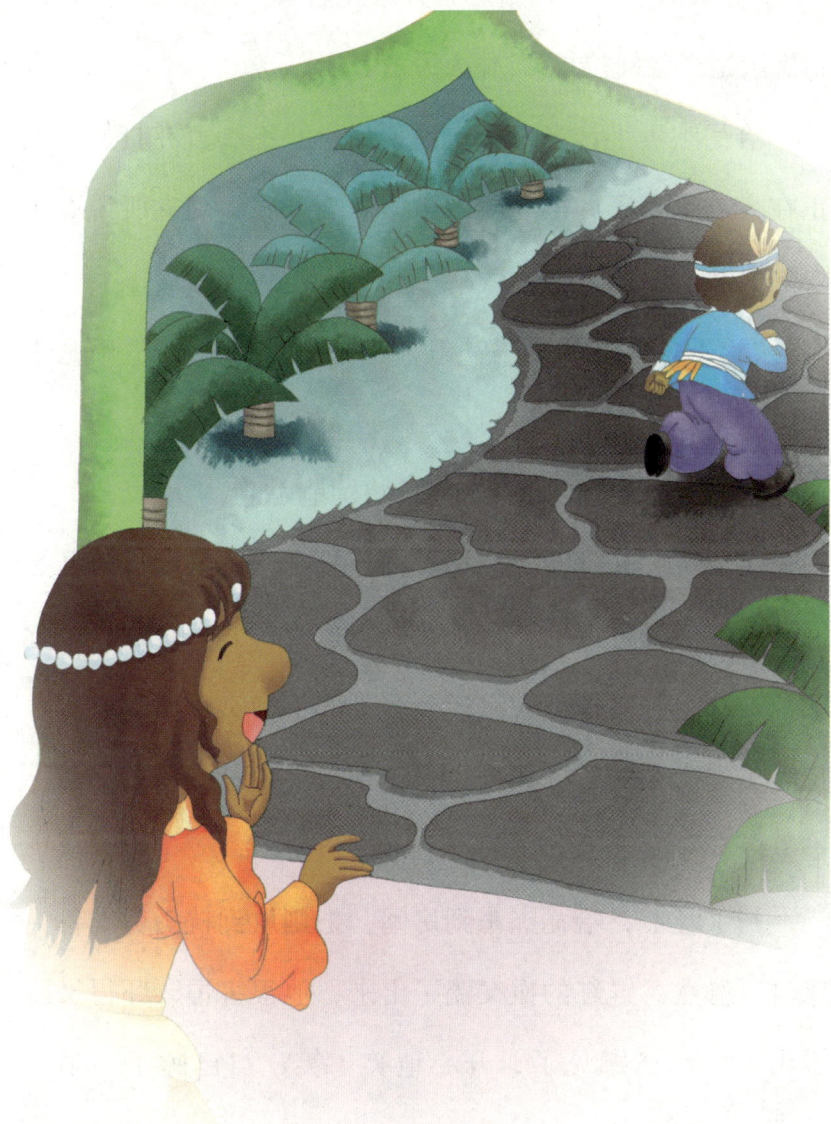

"尊敬的主人,玛格娜夫人派我们来向您请安,同时,请您给她送些柯拉果。"仆人说道。

哈瓦杰听了,老半天也没说话,心里一直在打鼓,他正在为杀了妻子的事儿不知道该怎么办呢,现在听说妻子要吃水果,让他暗暗吃惊。

"她不是已经死了吗?怎么还要吃柯拉果呢?"哈瓦杰暗想。

"好吧。"最后,哈瓦杰将信将疑地说道。

过了一会儿,哈瓦杰捧着柯拉果,回到房间。哈瓦杰见玛格娜活得好好的,像什么事情也没有发生一样,不觉又惊又喜,赶紧把柯拉果递到妻子的手中。玛格娜微笑着招呼丈夫坐在一起,两个人手拉手,诉说着爱慕的情话,谁也舍不得松开手。

到了晚上,哈瓦杰来到房间,把剑放到枕头旁准备上床时,忽然,鲜红的血又流了出来,他很害怕,吓得又跑了出去。玛格娜见了,开心地笑了笑,自己睡了。第二天，玛格娜吩咐仆人把带血的东西收好，换上新的床单和枕头，屋子里干净而又特别温馨。

她心情好极了，哼着歌儿洗漱，打扮好了，还像昨天一样，叫仆人去找哈瓦杰，让他送些柯拉果子来。哈瓦杰满腹狐疑，惴惴不安地捧着柯拉果推开了门，一看玛格娜仍然活着，阳光下，显得比昨天还要精神。哈瓦杰放心了，亲手给妻子拿了一个柯拉果子，然后两人便开始了愉快的谈话。

这种情况一连发生了十二天！哈瓦杰简直要崩溃了！他每天晚上都被吓得丢了魂一样，一整夜都不敢入睡，一闭眼睛，眼前到处都有鲜红的血在流淌！可是一到第二天，又会听到仆人的口信，玛格娜要吃柯拉果。当他手捧着柯拉果送去的时候，又总会看到鲜活的玛格娜，而且还一天比一天漂亮。

哈瓦杰真是被聪明的妻子弄懵了，他不知道玛格娜是怎么回事儿，明明鲜血直流，可是第二天又平安无事。他越来越喜欢玛格娜了，玛格娜也是一样，每逢看到丈夫捧着柯拉果进来时，便兴奋得双眼荡漾着幸福的光芒。玛格娜依偎在他的身边，一刻也不舍得离开。

到了第十三天晚上，哈瓦杰明白了是妻子在捉弄他。这十二天的晚上，被妻子戏弄得一次比一次狼狈，可是他一点儿也不生气，反而被玛格娜的聪明所征服。她真是太聪明啦，和她相比，自己可是差得太远啦！想到这里，哈瓦杰紧紧拉住玛格娜的手。

"亲爱的玛格娜小姐，你的聪明，让我佩服得五体投地，请放心，我一定会好好待你的。从今以后，家里的一切事情，我都心甘情愿地听从你的安排，一定会好好努力，做一个让你满意的好丈夫。我亲爱的妻子，从今天起，我们好好地过日子好吗?"哈瓦杰诚恳地说道。

"太好啦! 有事情，咱们要一块商量，我一定要做你称心的好妻子。"玛格娜见丈夫是真心地爱自己，也诚恳地说道。

在城内一处风景幽美的湖畔，盖起了一栋漂亮的房子。这是哈瓦杰让父亲给自己盖的新房。在一个风和日丽的日子，哈瓦杰和玛格娜重新举行了婚礼，规模比上一次隆重多啦! 结婚后，两个人恩爱无比，互敬互爱，生活美满而又甜蜜。他们的幸福生活，让全城的百姓非常羡慕，特意在他们的大门上挂了一面表示敬仰的金色旗帜。